Hugo Breitschmid

Flieag, Schwob, flieag

Hugo Breitschmid

Flieag, Schwob, flieag

Schwäbische Gedichte

Silberburg-Verlag

Der Bauerndichter Hugo Breitschmid ist ein echtes Original, mit empfindsamem Gemüt, doch auch ein Mensch mit Ecken, mit Kanten und mit einer gehörigen Portion bodenständigem Humor. Seine Freude an der Natur, an den Besonderheiten der Menschen und an den kleinen Alltagsgeschichten ist echt und unverkünstelt. Mit seinen spritzig-witzigen Texten trifft er ins Schwarze, er spricht aus, was andere gar nicht zu denken wagen. Ihm, als knitzem Bauer, genügen oft wenige Zeilen, um den Menschen zum Schmunzeln, ja, zum Lachen zu bringen.

Gedruckt mit freundlicher Unterstützung
des Fördervereins Schwäbischer Dialekt e. V.

1. Auflage 2010

Umschlaggestaltung: Uli Gleis, Tübingen.
Druck: Druck- und Medienzentrum Gerlingen, Gerlingen.
Printed in Germany.

ISBN: 978-3-87407-996-9

Besuchen Sie uns im Internet
und entdecken Sie die Vielfalt unseres Verlagsprogramms:
www.silberburg.de

Inhalt

Hoimelig und schee

Denka und träuma

Du und i

G'sond und rond

Viecher und Vögel

Schelmisch und luschtig

Dusslig und drneaba

G’reimt und g’schrieba

Hoimelig und schee

Ans Scheene denka

Wenn oiner bloß aufs Elend guggt
ond emmer jammret, wos ehn druckt,
der hot doch sicher mit dr Zeit
kaum mehr an dr Freid a Freid.

Dr Mensch ist Mensch en dem Moment,
wenn er da Weag zom Schöna fendt.
Onsre Auga, diea send g'macht,
dass mr sieht, wiea d' Sonna lacht.
Mir könnet gugga ond ons freia,
am Frühaleng, Sommer, Herbscht ond
Schneia.
Mir send frei ond onser Denka
kennet mir zom Schöna lenka,
ond en Gedanka sogar schweba
über dem, was it so eba.

Mit onsre Ohra wonderbar,
höret mir Musik sogar.
I ka höra, was du saisch,
ond hör di lacha, wenn de fraischt.

Sogar mit Rieacha ond mit Schmecka,
könnet Welta mir entdecka.

Ond wenn mir onsre Händ verwendet,
was mir do Schönes macha könnet,
mir könnet forma ond gestalta,
d' Fantasie en Hända halta!
Ond a Hand, wo Musik macht,
leuchtet wiea en Stern bei Nacht.
Schönheit macht ons froh ond frei,
do send mir Mensch ond derfet's sei!

I über mi

I über mi, des isch glei g'sait:
Gebora en dr Vorkrieagszeit
auf ma kloina Bauragüatle
em ma Dörfle, kloi ond gmüatle.
Dürnau hoißt's, am Federsee,
wo i mei Lebtag blieba be.

En dr Schual hot's grad so dau,
ma sollt den Bua studiera lau,
dr Pfarrer häb des öfter g'sait.
Dr Lehrer sait: »Du lieabe Zeit!
Des brengt nix, wenn der studiert,
weil der 's Rechna niea kapiert!«

Versla hau i det schau g'schrieba,
doch diea hot dr Wend vertrieba.
Schaffa ond da Hof omtreiba
war viel wichtiger wiea schreiba.

Noch em Krieag, do war's hald so,
ma war an so ma Höfle froh.
Doch neabaher, do hau i au
miaßa zom Verdeana gau.

Ond so be i mit de Johra
Waldarbeiter, Maurer wora,
Schwoißer, Fahrer, Silomoischter
ond bei alle guate Goischter
Theater-Dichter, Regissör
ond Ehemann no neabaher.

Jetzt ben i Rentner ond bekannt
ond tret auf em ganza Land.

Breng d' Leut zom Lacha, was wit meh,
ond schreib Autogramm – mit »Hugo B«.

Hoffnung

Im Märzen, wenn der laue Wind
ganz zart die Hoffnung weckt,
dass der Schnee das Blumenkind
nicht lange mehr versteckt.

Wenn befreites Atemholen
den Frühling trinken will
und die Biene ganz verstohlen
zum Gänseblümlein will,

dann stiehlt der Bach voll Übermut
dem Berg den Winterschnee,
und der Besen und der Hut
sagen: »Schneemann, nun ade«.

Schneeglöcklein leuten naseweis
der Sonne ein Willkommen,
sie wissen unter Schnee und Eis
hat die Hoffnung schon begonnen.

Glück em Wald

Wiea sieht ma doch von weitem schau
da Wald so herrlich droba stau
ond denkt ond freit sich hald,
oh Wald, i komm gau bald.

Der Wald, der stoht am Waldrand rom,
doch noch sieht ma do oin Bom
ond det oin Baum am andra standa,
z'mol isch dr Wald nemma vorhanda.

So goht es oft em Leaba au,
ma sieht sei Glück von Weitem schau,
ond hot ma 's Glück ond ka's kaum fassa,
schätzt ma's it ond loßt's verblassa.

's Oberland

Gugg amol des Ländle a
zwischa Alb ond Bodasee,
do isch oifach alles dra,
wo ma gugget, isches schee.

Dörfla, Städtla, hoimalig,
schlupfet an di na,
Fachwerkgässla wenkalig,
lachet di do a.

So, wiea dr Schnabel g'wachsa isch,
kasch mit de Leutla schwätza,
ond standet Spätzla auf em Tisch,
sagscht »sodale« ond »jetza«.

Es ka doch gar nix Schöners gea
wohl auf dr ganza Welt,
dr große ond de kloine Seea,
spieaglet 's Hemmelszelt.

Wiesatäler lachet oim
mittla nei ens G'müat
ond ma isch so gern dahoim,
wenn's greanet ond wenn's blüaht.

Ond wenn dr Hemmel föhnig isch.
noch steig auf d' Bussahöhe,
bis du diea Alpakette siesch,
do kasch bloß saga: »Schee«.

Wenn d' Sonna noch em Juli stoht
ond bachet goldene Ähra
ond färbt diea Apfelbäckla rot,
könnteschct vor Freid fascht blära.

No ebbes isch au b'sonders schee,
dass ma bloß stauna muaß,
do jublet dr Barock en d' Höh',
en Klöschter, Kirch ond Schloss.

Drom lauf it bloß en Dagtrott nei,
gang naus, füll 's Aug ond d' Longa,
gugg freidig en des Ländle nei,
des isch em Herrgott g'longa.

Mein Holderboscha

Mein Holderboscha hendrem Haus,
neamet hot den g'setzt.
Er wachst zom Mauerspältle raus,
jo, was mach i jetzt?
Er hot so scheene Blätter
ond Beera sogar au
ond all Johr weard er netter,
i glaub, i lass ehn stau.

Sommertag

’s Fenschter weit offa
für d’ Sonna ond Tau,
d’ Nacht isch verdloffa,
ond ’s Hoffa so blau.

Am Wasser diea Bloama
saget: »Komm rei,
mir send grad am Droma
bis ens Hemmelreich nei.

Suach dir a Wölkle
ond schwemm ond flieag mit,
a sorgalos Völkle
send mir – oder it?«

Sommer ade

Grad war's no Sommer,
so warm ond so hell.
Jetzt zu meim Kommer,
dr Wenter kommt schnell.

Geschtern no g'schwomma
ond g'lachet am See,
dr Neabel hot g'nomma
da See ond no meh.

Erscht geschtern no lau
ond wohlig dr Wend,
heut isch'r schau
vom Wenter a Kend.

D' Schwalba so leicht
ond froh om oin rom,
jetzt – kalt ond feucht
ond d' Vögala stomm.

Onder dr Lauba
beim Feierobedwei,
ma hot wella glauba
's mieaßt allweil so sei.

Kälte isch komma.
Mein Baum isch so kahl,
doch leis hört ma'n somma,
bald endet diea Qual.

Gugg doch em Wald det
d' Tannabaum a,
gugg, wiea der greanet,
weil er Weihnachta ma.

Em Chrischtkendle senget
seine Zweigla a Liead
ond Schneeflöckla brenget
a Pracht, wiea wenn's blüaht.

Denka und träuma

Selber flieaga

Mit oigne Kräfte flieaga
über's Wiesadähle nom,
des wär schau a Vergnieaga,
was gäb dr Fitz do drom.

Diea Fluiga ond diea Mugga,
diea kennet des doch au,
kaum isch's Oziefer drugga,
noch somset se au schau.

Arg schwer ka des it sei,
es flieagt doch jeder Spatz,
ond Spatzahira, tausend glei,
hettet em Fritz seim Möggl Platz.

Wo liegt do bloß dr Hoka,
als Schwob will er's erfassa
ond sich von blöde Schnoka
nemme blamiera lassa.

Er sagt : »Jetzt grad zom Bossa«,
a reachter Schwob kommt drauf,
er isch total verschossa,
»wer nauf will, kommt au nauf!«

Sei Nochber auf em Bänkle,
der sait: »was duascht denn rom,
i mach d' Auga zua a wengle
ond flieag übrall na em Drom.«

Zeit

Gugg dr Zeit it hendadrei,
sonscht stohscht du falsch rom do,
ond fällt dir 's Nocheschprenga ei,
rast diea Zeit erscht reacht drvo.

Dreh di rom ond lass Zeit komma,
noch brauchscht du gar it hetza,
statt hudla dur a Lieadle somma,
noch losst diea Zeit – au mit dr Zeit –
a Wörtle mit sich schwätza.

Ans Licht

Heut Nacht onderweags em Neabel,
nix als wiea a paar Meter Stroß sieht ma,
a fremde Stroß, diea ma it mag.
D' Scheiwerfer taschtet bloß en dr Suppa rom
und wisset nix von dr nächschta Kurv.
Drei Grad kalt sei's draußa,
sagt 's Auto,
glatt wohl au
ond Neabel.
Des Gugga strengt a,
uff koin Fall g'schwend bremsa,
weil neabs dr Stroß, wer woiß.
Ma sieht jo nix.
Herrschaft, wenn des so bleiba dät,
für allaweil bloß no Nacht ond Neabel.
Wenn alles durchanander käm,
des wär d' Höll!
Aber jetzt, Gott sei Dank,
dr Weagweiser zoigt, do goht's hoim.
Des duat guat.

Am andra Dag, ma sieht's,
der Neabel isch anders,
a bissle ahnt ma, dass sogar
d' Sonna komma könnt.

Ond auf oimol strahlet silberne Äscht
ens Hemmelblau nei,
ond 's Blau isch so blau
ond der Reif so silbrig,
sogar 's kloinschte Äschtle
jubiliert em Licht.

Diea troschtlos Neabelnacht,
wo so eng ond kloi war,
hot Platz g'macht für Schönheit,
Licht, Hemmel ond Weite.
Was für en Onterschied.

A kloi bissle losst des ahna,
so könnt des mit em Hemmelreich sei
ond no schöner, viel schöner sogar.

Do könntet diea Silberäscht sogar
no bunte Blühta traga en alle Farba
ond ganz hemmlisch dufta au no.

Ond Vögala könntet jubiliera,
ond irgendwiea afassa ond fühla
ond sogar schmoichlig dranaschlupfa
könnt ma an diea ganz Herrlichkeit.

Wer woiß, ob des Hemmelblau
ond der schöne Raureif heut,
ond wenns au no so schee ischt,
bloß a Neabelnacht ischt
em Vergleich zur Schönheit
über de Sterna droba,
oder dass diea Schönheit,
wo mir Hemmel nennet,
sogar om ons rom schau existiert,
weil mir aber mit onsere fünf Sinne
no em Neabel romdabbet,
nemmet mir des gar it wahr.

Wiea d' Larva vom Maikäfer.
Solang der als Engerleng
em Boda romwualet,
ka er sich koi bissle vorstella,
dass er an ma scheena Sonnafrühlengsdag
mit em laua Wend über greane Bäum
ond über Wiesa mit Bloama fliaga ka
ond Licht ond weite Weite
trenkt, so viel er trenka will.

Stolperstoi

Stolperstoiner lieget rom
überall no grad gnua.
Dr Oine, der wirft d' Stoiner rom,
dr Andere wirft's wieder nom,
so gibt des niea a Ruah.

Worom send mir so riegeldomm?
Es könnt so oifach sei.
Ma legt diea Stoi oms Gärtle rom
ond sät mitnander Bloama nei.

Krankahausfenschter

Auf oimol hosch Zeit, viel Zeit sogar.
Wiea en Wildbach, erscht geschtern no
isch diea Zeit vorbeig'rauscht
ond heut isch es bloß no a Tröpfla.
Bloß no tröpflesweis wearet diea Stonda leer,
tröpflesweis wiea diea Flascha überm Bett.

Am hella Dag ens Bett neilieaga,
no grad so, hot ma manchmol denkt,
des wär schee.
Jetzt muascht neilieaga ond kannscht it lieaga.
Ond schee? Koi bissle isch des schee!

Was hot ma it alles leasa wella
ond hot's verschoba, bis ma amol Zeit hot.
Zeit zom Leasa het ma jetzt,
aber koi Luscht ond koi Kraft drzua.

Zom Fenschter nausgugga
zu dem alta Tannabaum, des goht,
aber der stoht au bloß do,
der ka au it weg von seim Platz,
sei Leabdag schau, wiea nag'wachsa.

Diea drei Kräha, wo den bsuachet,
diea hend's richtig guat.
Herrschaft, flieaga sott ma könna
oder wenigschtens wieder do nalaufa,
wo ma grad nalaufa will.

Heut Nacht, anstatt schlofa,
hot dr Vollmond reigugget.
Zwischa de Zweig vom Tannabaum
hot er ens Zemmer reig'scheint.

Der Mond, der hot sich au it bewegt
ond doch isch'r g'wandret,
viel schneller sogar, als mir's reacht war,
z'mol isch'r hendrem Vorhang verschwonda.

Dr Mond hot heut Nacht en Rauhreif brocht
ond en strahlend blaua Morga.
Der Tannabaum hot sich g'frait.
Voller Stolz hot er sich g'streckt
ond seine Silberzweig
em Hemmelblau badet.
I hon gar it g'wisst,
dass en Tannabaum so schee sei ka.
Guat, dass des Krankahaus
große Fenschter hot.

Flieaga

Gugg au, wiea's glitzret ond fonklet,
de verschneiete Tannagipfel do droba
danzet mit de Sternla.
Noi, mit de Auga alloi
sieht ma den Reiga itta
ond d' Ohra alloi höret au diea
Melodiea kaum.

Komm mit, mir zwoi, du ond i,
mir zwoi könnet doch flieaga.
Komm mit, do nauf zu dem Wonder,
schmoichlet leise d' Fantasie em Herza.

Da Verstand?
Noi, den froget mir gar itta,
der braucht it wissa,
dass mir flieaga könnet.

Du und i

Wissensdurst

»Onser Bua«, sagt d' Muader stolz,
»der isch vom allerbeschta Holz.
Sei Wissensdurscht hot er von mir,
da Durscht noch Bier hot er von dir.«

Tolerante Ehe

»Lieabes Schatzi, Mausilein«,
sagt siea, »gell, en onsrer Ehe,
do muaß a gewisse Freiheit sei,
it bloß traute Nähe.«

Mit meiner Freundin möcht i fort,
ab ond zua, des muascht verstau!«
»Ha freile«, sagt er, »descht a Wort,
ab ond zua will i des au!«

Sängerin

Der Dora Meier roicht's it ganz
zur Sängerin mit Ruhm und Glanz,
drom üabt se täglich ihra Stemm
mit Arien, oft klengt des schlemm.

Ihra Ma, dr Meier, stoht
em Hof rom bis se g'songa hot.
So goht des jetzt seit Wocha schau,
dr Nochbre hot's koi Ruah meh glau.

Se frogt da Meier: »Guater Ma,
es goht mi jo ganz g'wieß nix a,
doch entressiera dät's mi schau,
worom sieht ma Siea em Hof rom stau?

Haltet Sie den G'sang it aus,
wenn Se drenna send em Haus?«
»Noi«, sagt dr Meier, »guate Frau,
i muaß do en den Hof raus stau.
I stand doher, sonscht moinet d' Leut,
i dear se haua, dass se schreit!«

Sauwetter

Oh, wiea schee isch heut em Haus,
gugg amol zom Fenschter naus,
wiea's do sudlet, wiea's do schneiet
ond wiea diea verrupfte Kräha schreiet.

Gugg, wiea d' Leut heut 's G'nick eipacket,
heit siehsch neamet halba nagget.
Neamet siescht beim Schwätzle schwätza
ond koin Hond durch 's Gässle wetza!

En Pfütza voll mit Sauarei
pfletschet d' Autofahrer nei.
Ond do kommt mei Frau drher,
de ganze Vorrät seiet leer.

»Jo, lieabe Frau, bisch du no g'scheit?«,
hon i ganz verschrocka g'sait.
»Jetzt mach mit mir koin domma Spaß,
heut jagd ma doch koin Hond auf d' Gass.«

»Wer schwätzt vom Hond, om Gotteswilla!«,
sagt mei Frau, »jetzt sei bloß stilla.
Der Hond, der bleibt bei mir dohoi,
bei dem Sauwetter, do gohscht alloi!«

Jedem das Seine

»I woiß it, was se hend, diea Leut«,
hot 's Krattamachers Done g'sait.
»A guate Ehe ischt it schwer,
do g'höret klare Regla her.«

Mei Frau ond i, mir doilet's ei
ond fahret gar it schleacht drbei.
Morgens hot mei Frau des Saga,
mittags kommt mei Wort zom Traga.

Doch was i sag, des hört se it,
ond was i dur, des stört se it,
weil morgens bis zur Mittagszeit
isch sowieso schau alles g'sait.

Liebesmucken

Da sieht so ein verliebter Mann
beim Weibe nicht die Mucken,
doch später in der Ehe dann
lernt er das Muckenschlucken!

Das Vermächtnis

D' Paula sagt: »Bei mir goht's aus.
Dur mir en G'falla, lieaber Ma,
hol mei Kloid vom Kaschta raus,
des gugget mir heut nomol a.
Woisch no – domols auf em Ball –
en dem Kloid hosch zu mir g'sait,
i sei de Schönscht auf jeden Fall.
Des hot mi riesig g'frait.
Solltesch je a andre Frau
fenda, wenn i nemme be,
lieaber Ma, versprech mir's au,
des Kloid, des isch passee.
Koi andre Frau soll des je traga,
des isch mei große Bitt.«
Do sait dr Fritz: »Brauchscht it verzaga,
des Kloid passt dera sicher it!«

Kloid agugga

Dr Maier Karle woiß des schau,
sei Emmi will hald ab ond zua
zom Lädala ens Städtle gau,
sonscht hot se gar koi Ruah.

Sei heiligs Blechle nemmt se mit,
des ischt ehm it geheuer.
Er hofft, se macht koin Kratzer it,
er trauet koiner Frau am Steuer.

Er hot sorgavolle Stonda
ond denkt, wo isch se au.
Liegt 's Auto heh em Graba dronda,
er het doch solla mit ra gau.

Grad wiea's dämmret ondrem Tisch,
fährt d' Emmi rei en Hof.
»I denk schau lang, wo du au bisch«,
bruttlet'r em Sofaschlof.

Am andra Morga beim Kaffee,
do frogt dr Karle: »Jetza,
war's em Städtle geschtern schee?«
Do fangt d' Emmi glei a schwätza:

»I lauf do so ond neababei,
zuafällig hon i's g'seha,
a Kloid isch do em Fenschter g'sei,
oifach traumhaft scheha.

Des Kloid hot mi so faszieniert,
der Anblick hot mi g'fanga.
I hon vergessa, dass pressiert,
ruck, zuck isch d' Zeit verganga.

Do sait dr Karle: »Heidanei,
wenn di des Kloid so freit,
noch fahret mir ens Städtle nei,
heut Morga hett i Zeit.

I denk, dass sich des macha lot,
heut kommt's mir it drauf a,
wenn 's Kloidle no em Fenschter stoht,
noch gugget mir des zwoi Stond a!«

Gulasch

»Schatzi, könntescht it was anders kocha?
Schau seit onsre Flitterwocha
stoht bloß Gulasch auf em Tisch.
Obwohl der zwar ganz lecker isch,
denk i doch so zwischanei,
kennt's au ebbes Anders sei.«

»Oh lieber Ma, i hon a Bitt,
morga hilfsch beim Kocha mit.
Du liescht em Kochbuach Seite drei,
noch hon i boide Hände frei.
Noch werret d' Spätzla ond der Brota
ond vielleicht au d' Soß mir grota.
I versuach schau wochaweis
mi an deara Schwobaspeis,
doch ohne Hilf bin i verlora,
emmer isch bloß Gulasch wora.

Der Angler

»Heut isch so en scheena Dag,
Theo, lass mi bitte mit,
i versprech au, dass i it viel sag,
i stör beim Angla it!«

»I woiß it, lieabe Annamei«,
sagt dr Theo, »wearsch no wissa,
du warsch jo schau amol drbei
ond koin Fisch hot bissa.«

Dr Theo, der ka's it vermeida,
d' Annamei goht mit
zom Fischa bei de Trauerweida,
doch Goscha hält se it.

Da Grill, den hot se au drbei
ond au da Campingtisch,
se kläppret ond se schwätzt au glei
ond wartet auf en Fisch.

»Wenn beißt denn endlich oiner a?«,
dränglet rom diea Annamei.
»I het honger, lieaber Ma,
werf dei Angel weiter nei!«

Auf oimol zuckt diea Angel fescht,
ma ka aufs Veschper hoffa.
Dr Theo sagt: »Den hot's verwischt,
der hot sei Gosch weit offa.

Lieab's Weib, lass dir's a Lehre sei.
Jetzt siehscht genau, wiea's isch,
dei Gosch hosch offa allaweil,
dir goht's no wiea dem Fisch.«

Almenrausch und Edelweiß

Almarausch ond Edelweiß,
Sennerin ond Kuha,
em Urlaub goht's om jeden Preis
de Alpagipfel zua.

Grahotel mit Gipfelblick,
ma gönnt sich sonscht jo nix.
Wellness gega Seelaknick
ond a Dirndlkloid, a schicks.

Berieselung vom Radio
mit Kaschtelruater Spatza,
»holide ond holdrio«
jodlet z' Nacht no Katza.

»Almarausch ond Edelweiß«,
bittet d' Rese, »des wär schee,
Sepp, steig nauf ond hol mir oins,
wenn i dei Schatz no be!«

Dr Sepp isch g'wieß koin Klettermax,
doch wenn sei Rese ebbes will,
weard er woich wiea Bienawachs,
do isch em Sepp nix z'viel.

Er steigt bergauf am Morga
mit Pickel ond mit Nagelschuha.
»Schatz, mach dir koine Sorga,
i bring dir Edelweiß grad gnua.«

Doch bei Zeita muaß er schnaufa,
er spürt Muskelweh ond Fruscht,
auf dr Alm ka er was kaufa,
diea Sennerin löscht gern sein Durscht.

Erschöpft losst er sich nieder,
trenkt Enzian ond Biere,
abwärts steigt er wieder
erscht nochmittags om viere.

Sei Rese sieht's von Weitem glei,
wia er wagglet en de Schuha.
Edelweiß hot er zwar kois drbei,
aber Almarausch grad g'nua.

’s Nachthemd

Schatz, du warscht doch em Hotel
bei dera G’schäftsrois noch Berlin.
Wiea hot’s g’hoißa, sag mir’s schnell,
es kommt mir it en Sinn?

Fenf-Stern-Hotel Viktoria,
ha freile, so hosch g’sait,
jetzt gugg des Werbeg’schenkle a,
des Poscht uns bracht hat heut!

Diea hend ons a Pressentle g’schickt,
a Nachthemd, herzig fei
mit Bloamamuschter g’schtickt
ond viele Grüaß drbei !

Seidene Wäsch

»Hoppla, was isch jetzt passiert,
dass du völlig ogeniert
so a Spitzahösle traigscht?
Jetzt be i g’spannt, was du do saischt.

Des Deng, des stoht dir g'wieß it schlecht,
i staun, doch was i wissa möcht,
seit wann zieagsch du denn so was a,
weil des it billig g'wea sei ka.«

Do sagt siea: »Sei no getroscht,
des Dessou hot mi nix koscht,
en deim Auto hon is g'fonda
geschtern ondrem Rücksitz dronda.«

Der rettende Pfiff

Dr Erich guggt zom Fenschter naus,
do sieht er grad, wiea 's Nochbers Klaus
mit ra Biene zemlich flott
am Bach entlang spaziera goht.
Er ruaft dr Rese: »Gugg au na,
dr Klaus, der fangt 's Bussiera a.«
D' Rese kommt au glei ond gugget,
wiea die zwoi anand verdrugget.
»Om Gotteswilla, au no diea«,
het d' Rese beinoh lauthals g'schriea,
»des Lompamenschle fangt den ei,
niea ond nemmer derf des sei.

Des isch doch ’s Grattamachers Enge,
diea ganz ond gar verdorbne Denge.
Jetzt streckt se ihre Kralla raus
ond schnappt den lieaba, netta Klaus.
Erich komm, do muascht was dua,
pfeif durch d’ Fenger, warn den Bua.
Pfeif durch d’ Fenger richtig laut,
noch haut se ab, diea Lompabraut.«
Do sagt dr Erich: »Dät me drucka,
der Klaus, der soll doch selber gugga.
Herrschaftzeita, ’s isch doch wohr,
mir hot au koiner pfiffa vor zwanzg Johr.

Falsche Düfte

»Mir mieaßet hausa, mieaßet spara,
nix mit Wirtshaus«, sait sei Klara.
»Bleib du dohoim, bleib du bei mir,
für was brauchscht du a Wirtshausbier?

Wenn du Durscht hoscht, trenk dein Moscht,
da selberg’machta, wo nix koscht.
Wiea’s ausg’macht isch, so bleibt des au,
all viertel Johr kasch zwoi Stond gau.

Vier mol em Johr, do kascht ois trenka,
mir graust dei Schnarcha ond dei Stenka.
Wenn du mehr trenkscht wiea oi Bier,
noch schlieaß i zua mei Kammertür.«

Dr Done, der ka's kaum verwarta,
doch heut sitzt er em Rosagarta.
Em Rosagarta, do isch schee,
er trenk' bloß ois, doch z'mol send's meh.

Diea Stammtischbrieader saget »proscht«.
Des Bier schmeckt besser wiea sein Moscht,
doch z'mol macht er a Sorgag'sicht,
des Hoimgau isch a domme G'schicht.

»Mei Klara«, sagt er, »ka's it braucha,
wenn i hoimkomm, muaß i haucha.
An dr Kammertür durch 's Schlüsselloch,
do rieacht mei Weib diea Halbe noch.

Mei Klara, diea rieacht ganz genau,
wieaviel dass i heut tronka hau.
Noch schreit se glei, du bischt stenkb'soffa,
jetzt kannsch glei zom Hond naschlofa.«

Dr Wirt, des isch a g'scheider Ma,
er sagt zom Anton: »Hör mi a.
Hosch du a Weib dohoim, a bös,
leg se rei mit Backstoikäs.

Ess en Käs mit Zwiebel dana,
der überstenkt diea Bierkruagfahna.
Ond rieacht dei Weib noch Käs statt Bier,
noch macht se auf diea Kammertür.«

So hot dr Anton des au g'macht,
blost durch 's Schlüsselloch ganz sacht,
doch sei Rese schreit wiea domm:
»Du Sau, du alte, dreh de rom!

Du legscht mi rei, des rieach i doch,
du hosch dei G'säß am Schlüsselloch.
Dein Furz, der stenkt jo bitterbös,
wiea en verdorbna Backstoikäs.«

Flaschalieabe

»Mir könntet's doch probiera
ond a weng bussiera«,
sagt en der enga Eikaufsdascha
diea Milch zo deara Sprudelflascha.

Do sagt diea Sprudelflascha spitzig:
»Du woisch jo, i bin spritzig.
I dät di gern vernascha,
du Sieaße en dr Flascha.

Doch glaub mir, i bin schlauer,
schau morga bisch du sauer,
ond übermorga dickescht ei
ond nochher mieaßt i schuldig sei.

Traumwandler

Beim Frühastück, hot sei Rese g'sait:
»Du Fritz, heit Nacht, des war a Freid.
Mir hot's doch glatt vom Aldi dromet,
ond dass der 's ganze Lager romet.
Gratis hot's do alles geaba,
mei Lieaberle, do war a Leaba.
Eikauft hon i de ganz Nacht,
a Bombag'schäft hon i do g'macht.
Des isch so berauschend g'wea,
des hettesch solla seha.«

Do sagt dr Fritz: »Heit Nacht em Bett,
mein Traum, der war au richtig nett.
Do hon i träumt so vor mi na,
wiea schee, dass es em Bett sei ka.
Voll heißer Liebe war mein Traum
und Küsse, süß wie Honigsaum!«

Do sagt d' Rese: »Nett von dir,
dass du so schee träumscht von mir.«
Do brommt dr Fritz: »Bild dir nix ei,
du warscht heut Nacht gar it drbei.
Du bisch doch – hosch des schau vergessa? –
die ganze Nacht beim Aldi g'weasa.«

G'sond und rond

Rond und g'sond

Ebbes Ronds isch emmer guat,
dr Kopf, der braucht en ronda Huat.
Au des lieabe Geld isch rond.
»Wenn's rollet, noch isch d' Wirtschaft
g'sond«,
so sagt dr Vinz zu seiner Frau
ond hot's ens Wirtshaus rolla lau.

Seit domols oiner 's Rad erfonda,
drehet ronde Räder d' Ronda
ond rollet über Berg ond Tal,
's Rond vom Rad isch ideal.

Em Körper lauft dr Kreislauf rond,
solang er rondlauft, send mir g'sond.
Rond muaß au dr Motor laufa,
sonscht kannscht a anders Auto kaufa.

En Rondlauf macht dr Reagatropfa,
vom Laub duat der ens Bächle hopfa
ond verdampfet noch em Meer
ond kommt als Reaga wieder her.

Ebbes Ronds isch emmer schee,
Ecka, Kanta dend bloß weh.
ebbes Ronds an g'wissa Stella
derf au beim scheene Weib it fehla.

Doch wenn Männer zwanz'g, dreiß'g Pfond
rondromm om da Bauch rom hond,
kommt d' Eleganz vom Rond en d' Klemme
ond d' Harmonie vom Rond stemmt nemme.

Doch do guggt ma drüber weg,
vergänglich isch sogar dr Speck,
d' Welt dreht schau milliarda Stonda
mit ond ohne Menscha d' Ronda.

Ond wenn gar mancher prophezeit,
dass bald koine Leut meh geit,
duat des vielleicht em Globus guat,
er braucht se it, diea Menschabruat.

Dr Herrgott, der hot Dag ond Nacht
ond da ewiga Kreislauf g'macht,
ob beim Karussell oder beim Mond,
was sich dreht, isch rond ond g'sond.

Hirnlos

Em Krankahaus do liegt dr Heinz,
er wachet auf ond sagt: »Mir scheint's,
mein Kopf isch inna leer ond hohl.«
Er frogt da Doktor, was des soll.

»Mir hend grad Ihra Hirn entnomma,
worom send Se au it früher komma,
des war allerhöchschte Zeit«,
hot ganz besorgt der Doktor g'sait.

»Mir schicket Ihra Hirn noch Pola,
des muaß ma grendlich überhola.
Mir schicket oft a Hirn en Oschta,
hauptsächlich weag's de niedre Koschta.

Für Siea als Kassapatient
gibt's koi Geld fürs Hirn em Grend,
aber a Durchschnittshirn ka ma det schau
für hondert Euro wäscha lau.

Bei de alte Kommunischta
sitzet no diea Spezialischta,
diea hend des voll em Griff wiea früher
ond wellet kaum a Geld drfür.

Vorerscht send Se jetzt entlassa,
Siea brauchet it an Kopf nafassa.
Mir hend a Füllong g'macht mit Stroh,
a paar Wocha goht des scho.«

Es goht au ohne Hirn zur Not,
doch dass er sofort komma sott,
sobald des Hirn noch gliefret isch,
weil ewig bleibt des jo it frisch.

Em Krankahaus noch drei, vier Wocha
zwischa zammag'flikte Knocha
kommt vom Oschta d' Liefrong rei,
em Heinz sei Hirn isch au drbei.

Der Heinz, der krieagt au glei Bescheid:
»Ihra Hirn wär jetzt soweit.
Mir könnet's zwar a paar Tag g'friera,
doch noch sott ma's neiopriera.«

Do schreibt der Heinz an 's Krankahaus:
»Ohne Hirn halt ich's guat aus,
em Gegadoil, 's dät me grad kränke,
wenn i mei Hirn hett ond mieaßt denka.

I bin jetzt en dera Dengspartei,
do send viele ohne Hirn drbei.
Do hon i hirnlos Zuig verzellt,
jetzt hend diea mi zom Vorstand g'wählt.

I hon jetzt dank meim Stroh em Grend
en sichra Sitz em Parlament.
Mei Hirn, des gib i frei zom Spenda,
ihr werret schau en Domma fenda.

Es grüßt euch ohne Hirn im Grend
Heinz Kunze aus dem Parlament.

Ond no oins isch ganz b'sonders fei,
bei de Gehobene be i drbei,
do ka i trenka noch ond noch
auf deutsch g'sagt saufa wiea a Loch.

Onder da Tisch ka i jetzt jeden saufa
ond noch oinaweag no laufa.
Mir duat do au koin Kopf it weh,
ohne Hirn isch 's Leaba schee.

Dr Friedel in dr Kur

Dr Bauer, dr Friedel,
isch fuchzge und meh,
's goht ehm recht übel,
älles duat weh.

D' Frau bringt ehn zur Bah
und denkt sich drbei:
»Dem schwerkranka Ma
fällt koi Dummheit meh ei.

Do brauch i koi Sorg hau,
von wega Kurschatta,
der wird umanandstau,
wiea a Fahrrad mit Platta.«

Und se sait: »Wär mr g'sund
und lass dir's guatgau,
i versorg Hof und Hund
und an di denk e au.

Noch oinera Woch
schreibt dr Frieder erscht: »Hoi,
's g'fällt mir jetz doch,
i be selta alloi.

D' Schweschtra sind nett,
se dand me massiera,
i schwimm schau um d' Wett,
's geit nix zum Scheniera.

Des Kura, des Bada,
des bringt mi in Schwung,
des ka garnix schada,
des macht wieder jung.

Und z' Obed im Städtle,
do kehret mir ei.
Dama hot's nette,
und guat isch dr Wei.

's geit nix zum Langweila,
und wenn da it witt,
noch schreibscht a paar Zeila,
komma brauchscht it.

Und wenn da it kommscht,
noch schickscht mr a Geld,
nix ischt umsonscht,
so isch uf der Welt.

Heit Obed im Cafè,
do spielet se Tschäss,
do werret se gaffa,
i hau a nuis Häs.

Zeit, die goht rum,
bald komme jo wieder.
Treib's Höfle guat um,
es grüßt dich, dein Frieder.

Zahnarztangscht

Wiea so en Zah oin ploga ka
b'sonders bei dr Nacht,
en kranka Zah hot manchen Ma
schau fascht zur Schnecke g'macht.

Er woiß, er hett viel früher schau
zom Zahnarzt ganga solla,
doch heut, do muaß er oifach gau,
sein Backa isch dick g'schwolla.

Heut Morga om halb achte glei,
oh, wiea den Ma des kränkt,
do sott er en dr Praxis sei,
au wenn's ehm no so stenkt.

Er hogget en sei Auto nei,
macht a G'sicht wiea a Grott.
»Mender«, denkt er, »kennt's it sei
auf em Weag zu Galga ond Schaffot.«

Doch auf em Parklatz vom Dentischt,
do isch a Wonder g'scheha,
er woiß it, wiea des komma ischt,
's Zahweh isch verschwonda g'wea.

A Weile denkt er: »Dank sei Gott,
i könnt's glatt nomol packa.«
Doch, dass des koin Weart it hot,
sagt ehm sein g'schwollner Backa.

Er besiegt sein Schweinehond,
was sei muaß, des muaß sei.
Ond noch ra knappa Viertelstond,
do greift der Zahnarzt ei.

Ruck, zuck zieagt der en g'sonda Zah.
»'s muaß nomol oiner raus«,
moint er, »mir kommet näher na,
so schlecht sieht's gar nicht aus.«

Klar, dass des übertrieba ischt
ond bloß aus Angscht so dichtet,
doch liegscht du wehrlos beim Dentischt,
bischt eh schau fascht vernichtet.

Vom Koppen

Einen Mann aus Koppenhagen,
den tut gar sehr das Koppen plagen.
Er fleht zum Himmel, es soll weichen,
dafür muss er jetzt all häck – husten.
Jetzt würd er lieber wieder koppen
als Wasser marsch bei jedem Schoppen.

Alles hetzt

»Führ isch alles andersch g'sei«,
hot 's Doblers Lena g'sait,
koi so a Saupressierarei
bei de Leut wiea heut!

Wenn i heut zom Doktor komm
ond will mei Leida klaga,
noch duat der am Kompiuter rom,
ond i ka gar nix saga.

Bei dr Tante Emma no
hot neamet braucha hetza,
des Lädale isch nemme do
ond neamet meh zom Schwätza.

Bin i em Pfarr begegnet frühr,
hot er g'frogt: »Was machet d' Sorga?«
Doch heut, er ka jo nix drfür,
pressiert's dem schau am Morga.

Dr Pfarr fährt mit em Mofa heut,
do krieag i Glaubenszweifel.
Kaum hoscht »Gelobt sei Jesus Christus« g'sait,
noch isch der schau beim Deifel.

Kartoffelsalat

Der Erdäpfel flagget als rondlicher Bolla
schau fertig em Boda ond wartet aufs Holla.
Do brauchsch bloß a wengle em Boda rom
hacka,
schau kascht ehn zom Kocha en Hafa nei
packa.
Ond wenner em Hafa noch zischet ond
dampfet,
noch weard'r mit Salz ond mit Käs gern
vermampfet.

Doch nemmscht du den Knolla ond duascht
ehn verschnitzla,

mit Essig ond Öl a kloi bizle kitzla,
Salz it vergessa ond Zwiebel drzua,
noch frait di des Essa, do krieagscht gar it gnua.

Natürlich leerscht au a Soß drüber na,
noch spannt bald dei Hos, so a Essa schlägt a.
Und ruck, zuck bischt du bald wie der Knollen,
wie die Kartoffel, ein rundlicher Bollen.

Rentnergruß

Eigentlich beim Weckerschella
hon i heut Morga aufstau wella,
om meine viele Rentnerpflichta
en aller Ruhe zu verrichta.

Drom hon i's g'wagt, en Fuaß zum strecka
raus aus meine warme Decka.
Doch der Fuaß hot mir glei g'meldet,
dass der, wo aufstoht, sich verkältet.

Vernehmlich sagt mei enn'ra Hond:
»Dreh di rom nomol a Stond.
Zieag dei Fahrwerk wieder ei,
em warma Bett isch richtig fei.«

Dem faula Hond hon i gern glaubt,
zieag mei Decke bis zom Haupt,
au der Gedanke kommt mir onter:
»Welt, rutsch mir da Buckel ronter!«

Em Halbschlof fang i a zom Droma,
von Mädla, Palma, Meer ond Sonna
ond von Rentner mit viel Zeit
ond koine Pflichta weit ond broit.

Auf oimol, fascht wiea Donnergrolla,
hör i was vom Wecka holla
ond mir dämmret's, wehe, wehe,
des ischt die Frau aus meiner Ehe.

Vorbei isch jetzt diea Seligkeit,
jetzt fehlt mir henda, vorna Zeit,
ond en de G'schäfter aller Sparta
woiß ma schau, i kann it warta.

En alta Kumpel sagt zu mir:
»Komm, mir drenket heut a Bier.«
I sag ihm: »Sei mir it bös,
i bin voll em Rentnerstress.

A andermol, es duat mir leid,
i hon koi Zeit, i hon koi Zeit.«

Arbeitsteilong

»Raus aus em Bett, mei lieaber Ma,
gugg au den schöna Herbschttag a,
herrlich, wiea schau d' Sonna lachet,
dr Bäcker hot frisch' Wecka bachet.

Dr Hemmel lachet hell ond blau,
en Gruaß no von dr Zeitongsfrau.
Dr Bello ka's au kaum verwata,
der stoht jetzt schau a Stond em Gata.

Dr Kaffee stoht schau auf em Tisch,
jo heidanei, wiea hosch, was isch?
Dir zieag i glei gau Decke weg,
lass d' Frischluft rei, noch hosch da Dreck.«

»Oh Weib, des isch doch grad zom Blerra,
was soll des Omananderscherra,
am Morga isch em Bett erscht schee,
vergiss it, dass i Rentner be!«

»Rentner bisch, des woiß i schau,
doch mi alloinigs schaffa lau,
ischt alles andere wiea nett,
also nix wiea raus vom Bett.

Dr ganze Garta liegt voll Laub,
do gugg naus, woisch wa, i glaub,
diea Hälfte von dem Laub isch honda,
jetzt hosch a Arbet für zwoi Stonda.«

»Mei lieabe Frau, i sag dir's glei,
des Laub am Boda isch it 's mei.
Do kümmra di no selber drom,
mei Hälfte hanget no am Bom!

Ond sowieso, jetzt dur no gstät,
's letscht Johr hot dr Herbschtwend g'weht.
Der kommt wieder, i kann warta,
der bloßet 's Laub en Nochbergarta.«

Schüttelfroscht

Am Montagmorga auf em Bau,
jeder Ma weard braucht,
em Done aber isches flau,
weil en Grippe schlaucht.

Es duat en alle Knocha weh,
em Kopf ond au em Racha,
er goht zom Schef ond sagt: »Oh jeh,
i ka's schier nemme macha.

Schef, gugg, i hon en Schüttelfroscht,
mi schüttlet's überall.«
Do sait dr Schef: »Bevor du goscht,
bischt du genau mein Fall.

Du woisch, mir fehlet zehmlich Leut,
i brauch g'siebte Sand für d' Stoi.
Dein Schüttelfroscht passt prima heut,
do goht des Sieba von alloi.«

Bürojob

Beim Frühstück sitzt Herr Bolte
vertieft ins Zeitungslesen,
dass er ins Büro sollte,
das hat er ganz vergessen.

Seine Ehefrau fragt sachte:
»Hast du heute frei, mein Schatz?«
»Oh Schreck!«, sprach er, »ich dachte,
ich sitz an meinem Arbeitsplatz!«

Wohlstand

Wiea isch des schee en onsrem Land,
dass mir so en Wohlstand hand,
drom schaff ond hetz ond dur drzua,
Wohlstand hot ma gar niea gnua!

Hosch g'seha, em Häberle sei Haus,
do gugget d' Leut schier d' Auga raus,
sei Weib isch futt, kommt nemme hoi,
jetzt hot er 's Haus sogar alloi!

Ond sei Auto mit em Stern
ond sein Poschta beim Konzern
macht's nötig, dass en Stacheldroht
elektrisch om sei Villa goht.

Dr Meir, au en Supperreicha,
hört jede Nacht bloß Schritt ond Schleicha.
Koi Stündle ka der ruhig schlofa
weags de Lompa ond Ganova.

Sei Nochber isch a arme Sau,
der ka d' Haustür offa lau!

Viecher und Vögel

Mäh

Ehekrach, schau fascht drei Däg,
hont dr Schofbock und sei Frau,
ananander na send se saukräg,
worom, woiß neamet gnau.

Auf dr Wies em alta Gras,
do dabbet boide rom,
er meckret leise: »So en Fraß.«
Au ihra isch's bald z'domm.

Er bruttlet leis: »Du altes Schof,
emmer em gleicha Rock.«
Ond siea no leiser: »Doof bleibt doof,
du bischt ond bleibscht en Bock.«

Des Wiesagras isch groß ond alt,
do sollt bald ebbes g'scheha,
der Bauer sagt: »I schaff em Wald,
ihr mieaßet selber mäha.«

Do gugget Schof ond Bock sich a
ond jedes denkt: »Oh je«,
weil kois mäha ond kois schwätza ma,
bläket 's Oi zom Andra: »Mäh«.

Affen im Zoo

Das Affenkind fragt die Mama,
was wollen denn die Typen da,
die vor unserm Zaune lauern.
Kindchen, die sind zu bedauern,
schau, das sind misslungne Affen,
Menschen sind's, die neidisch gaffen,
tu, als wären sie nicht hier.
Die Armen können nicht's dafür.

Der geduldige Frosch

Der Frosch hat nie ein Wort gesagt
zum Gequake seiner Alten,
als sie der Storch am Kragen packt,
da hat er auch sein Maul gehalten.

Jeder Schuss kein Treffer

Schießt dr Jäger stets drneaba,
hot der Haas viel mehr vom Leaba!

Treibjagd Jagd

Bei der Treibjagd kann man sehen
Treiber durch das Dickicht gehen,
doch der Treiber kommt ins Hintertreffen,
wenn die Jäger seinen Hintern treffen.
Weil, eine Ladung Schrot im Hintern
kann einen schon beim Sitzen hindern!

Dr Zahstocher ond sei Weib

Dr Zahstocher ond sei Ehefrau,
diea wellet auf da Bussa gau,
weil's mit em Kenderseaga klemmt,
obwohl se längscht verheiret send.

Des isch bekannt seit alter Zeut
bei kenderlose Eheleut,
andächtig auf da Bussa laufa,
noch könnt's klappa mit em Taufa.

Auf em Bussa weht a Wendle,
ond schau manches Bussakendle
isch noch Banga ond noch Hoffa
doch noch en dr Stub romgloffa.

's Zahstochers zwoi mit ihre Spitza
verheddret sich en alle Ritza,
ond siea jammret: »Jetzt isch Schluss,
i wart do hanna auf da Bus!«

»Em Leaba niea«, sait er, »hör auf,
koin Bus fährt auf da Bussa nauf,
mir boide schaffet des au so.«
Do macht diea Stochre en Hallo.

»Was isch noch des«, schreit se, »gugg nom,
grad kommt dr Bus da Ranka rom.«
»Bleib do«, sagt er, »sonscht goht's dir übel,
des isch koin Bus, des isch en Igel.«

Kügale hoi

Es hogget a klois Igale
hendrem großa Stoi.
Do hupft a luschtigs Kügale
oba rab da Roi.

Auf oimol kommt des Kügale
it vorbei am Stoi.
Do sagt des kloine Igale:
»Hoppla, Kügale hoi.«

»He Igale, he Igale«,
lachet do der Stoi,
»Jetzt hend mir zwoi a Kügale
ond saget ›Kügale hoi‹«.

Dr Schellfisch

Dr Schellfisch will zom Veschper schellen,
do merkt'r, dass die Schellen fehlen.
Ond er tobt: »Wie soll ich schellen,
wenn Fatzge meine Schellen stehlen?«

Er glaubt sogar, die Drecksgesellen,
die ihm seine Schellen stehlen,
dass die gar nicht schellen wellen,
bloß verdellen wollen sie die Schellen.

Des tät dem Schellfisch grad no fehlen,
dass er am End mit Schepperschellen
ond verdetschten Schellfischschellen
kaum mehr kann zum Vesper schellen.

Drum gleich am Morgen beim Erhellen
schwimmt er los um zu bestellen
beim Schellenmacher samt Gesellen
nagelneue Schellfischschellen.

Einem Haifisch, einem schnellen,
gelang's das Diebespack zu stellen,
jetzt hocken sie in sichren Zellen,
von Ferne hören sie ihn schellen,
den Schellfisch mit den neuen Schellen.

Der Tauberich

»Mein Täubchen, ach wie lieb ich dich!«,
sprach der alte Tauber,
das Täubchen aber wehrte sich
und sprach: »Du bist nicht sauber!«

Da ließ der alte Tauberich
sie in sein Konto blicken,
und mit einem Schlag verliebte sich
das Täubchen in den Dicken!

Der Floh

Ein kleiner Floh, ein ganz gewitzter,
bei der schönen Susen sitzt er
zwischen Hügeln in der Nische,
doch die Susen sitzt bei Tische
und kann nicht kratzen, wo es juckt,
weil sonst alles nach ihr guckt.
So lebt der Floh dank Etikette
ungestört im weichen Bette.

Schee senga

A Vögale em Äpfelbom,
des sengt so frei ond froh.
oms Vögale sitzt alles rom,
au drei Habicht send schau do!

Diea Habicht hend vergessa,
dass se nix em Maga hend,
diea wellet's Vögale it fressa,
weil's gar so herrlich sengt.

Do kommt en Milan g'floga,
der hört nix, ischt fascht daub,
seine Kralla hot er boga,
jetzt isch still em Laub.

En Politiker, en schlaua,
hot a Safari g'macht,
will noch de Löwe schaua,
so zwischa Tag ond Nacht.

Auf oimol bleibt er stecka
mit seim Jeep em Sand,
do sieht er voller Schrecka,
d' Löwe nemmet überhand.

Der Politiker denkt: »Jetza
hilft bloß des no, was i ka,
schwätza, nix wiea schwätza,
ond d' Löwe höret en au a.

Er schwätzt schau viele Stonda,
diea Löwe send brav g'sessa,
z'mol isch dr daubstomm Löwe komma,
für den war des a Fressa.

Pfarrer, Dauba, Fleadermäus

Dr Pfarrer betet: »Lieaber Gott,
oh Herrgott gib mir doch en Rot.
I woiß bald nemme ei ond aus,
du hoscht erschaffa d' Fleadermaus,
ond Dauba hoscht jo au erschaffa,
doch worom neschtet jetzt diea Affa
en meiner Kirch an jedem Eck
ond machet alles voller Dreck?

I will di g'wieß it kritisiera,
jedem ka ebbes passiera,
doch des derfscht mir ruhig glauba,
besser wär's, 's gäb koine Dauba.

Diea daube Dauba ond diea Mäus,
's ischt, als dätet ses mit Fleiß,
anstatt se di als Schöpfer preiset,
kasch seha, wiea diea dei Haus verscheißet.

Oh großer Gott, i woiß jo schau,
d' Sonn hosch g'macht ond au da Mau.
Dei ganze Schöpfong ischt a Wonder,
doch manch Ziefer isch au dronter.

Könnteschtt it a Machtwort saga
ond diea Bagasch zom Deifel jaga?«

Z'mol hört der Pfarr a ganz leis Grolla:
»Mein Sohn, dir isch dr Kraga g'schwolla.
Willst du nicht mehr Tauben misten,
mach es wie mit deinen Christen.

Du brauchst die Viecher nur zu taufen
wie deine Schäflein – und sie laufen
um deine Kirch in weitem Bogen
und kommen selten nur geflogen.

Taufe Taub und Fledermaus
und sauber bleibt das Gotteshaus.«

Nicht schlecht, Herr Specht

Jetzt spechtet an dem hohla Bom
der Specht fascht gar drei Wocha rom,
ond sei Braut, diea Spechtoline,
macht schau richtig saure Miene.
Schnippisch piept se: »Ka's au sei,
jetzt hau dein Schnabel endlich nei.

Dei Pikserei isch jo zom Lacha,
du bisch koin Held beim Löchermacha.
Glaubsch, i schlof no lang em Freia?«,
hört ma siea em Wald romschreia.

Mei Muader sagt jo allawei,
mit dem Vogel fällscht bloß rei.
Do, gugg amol zom Nochber nom,
der hacket schau am zwoita Bom.

Vermieatet Neschter auf zwoi Oicha,
nemmt sich kaum a Zeit zom … Essa.
Aber du, du Löchlesstupfer,
du schnaufescht beim kloinschda Hupfer.
I glaub, für mi, do wärs it schlecht,
i nemm da Nochber, servus Specht!«

Schelmisch und luschtig

Pfarrhausgruß

»Hasch du ›Gelobt sei Jesus Chrischtus‹ g'sait
im Pfarrhaus beim Begrüßa?«,
frogt Muader, weil des Fritzle heit
hot ins Pfarrhaus mieaßa.

»Dr Pfarrer hon i gar it g'seha,
der hot doch niea koi Zeit,
zur Hausre hon i halt noch schee
›Gegrieaßt seisch du, Maria‹ g'sait.«

Alles, was reacht isch

Herr Richter, derft i ebbes saga,
's gibt koin Grond, mi zom Verklaga.
I bin en ganz solida Ma,
der alles selber macha ka.

Richtig froh sei muaß ma heit,
dass so Leut wiea mi no geit.
I trenk mei selber g'machta Moscht,
i schütz mein Auto vor em Roscht.

I pflanz em Garta mein Salat,
hon mein oigana Spinat,
i hon mei Häusle selber baut,
i ess mei oignes Sauerkraut.

I reparier mei Waschmasche,
überzieaga mei Kanapee,
back mei oignes Brot em Ofa,
hon oigne Kender (will i hoffa).

Ka meine Uhra repariera,
meine Gemälde reschtauriera,
ond wenn's zwischanei amole fehlt,
noch mach i hald mei oignes Geld.

Herr Richter, s' wär doch nix drbei,
mir stellet des Verfahra ei.
En Fenfhonderter, en nagelneia,
dät mi do bestemmt it reua.

Verwechslongstat

Siea isch bekannt als rabiat,
doch jetzet hot se da Salat.
Jetzt stoht d' Klara vor em G'richt,
dr Richter frogt mit strengem G'sicht:
»Angeklagte«, hot er g'sait,
»Sie waren sehr gewaltbereit,
Sie schlugen diesem armen Tropf
den Feuerhaken auf den Kopf.

Sie schlugen zu ganz ohne Grund,
als der Kläger noch zu später Stund,
etwas angetrunken zwar,
nah bei Ihrem Hause war.«

»Herr Richter«, hot do Klara g'sait,
»es duat mir jo schau richtig leid.
Des isch hald oifach saudom g'loffa,
mei Alter isch jo öfter b'soffa.

Schwanket der noch d' Hohlgass ra,
weil er kaum meh laufa ka,
noch schlag i hald dem Sapperment
da Feuerhoka auf da Grend.

Der hot a Hornhaut auf seim Riebel,
diea hot er von de viele Briegel
ond vom Fuierhoka au,
wo i auf sein Kopf nauf hau.

Siea mieaßet wissa, hoher Richter,
en onsrer Gass brennet kaum Lichter,
kommt do en b'soffna d' Hohlgass ra,
woiß i g'wieß, des isch mei Ma.

Do isch no niea koin andra komma,
bloß weag's ma Zuafall, weags ma domma,
schlag i den Kläger do fascht tot,
weil er jo koi Hornhaut hot.

I bitt om Gnade, hoher Richter,
's kommt nemme vor, mir hend jetzt Lichter.
Ond i sag's Ehne em Vertraua,
ab jetzt weard der em Haus verhaua.«

Balkonstau

Auf dem Balkone in der Sonne
lag ganz unbedeckt Ivonne,
gegenüber auf dem Bau
gab es darum einen Stau.

Sieben Mann auf dem Gerüste
wollten sehen diese – Hügel,
doch da ging hinweg die Sonne,
und hinweg ging auch Ivonne.

Einer rief noch: »Schad, sie geht«,
doch da war es schon zu spät,
denn gerade kam der Achte
aufs Gerüste und es krachte.

Am andern Tage lag Ivonne
wieder in der warmen Sonne.
Von den Maurern waren sieben
eine Woche krankgeschrieben.

Ivonne konnte nix dafür,
das Gerüst war nur gebaut für vier.

Es hot it solla sei

En Kerle wiea en Kloiderschrank,
Sprengerstiefel – Glatze, blank –
kommt en Kneipe rei am Eck
ond trenkt em Fritz sei Bier aweg.

»Kasch du dei Bier it selber kaufa?«,
schempft dr Fritz, doch Luscht zom Raufa
mit dem Gorilla hot er kaum.
Der wischt sich mit dr Hand da Schaum

ond droht: »Willsch du en Terror macha
weags dem Bier, des isch zom Lacha,
bleib du ganz kuhl, mei lieaber Ma,
weil i sonscht ganz andersch ka.«

Do sagt dr Fritz: »Du brauchsch it schreia,
du wirsch bald jeden Schluck bereua.
I ka dir bloß des Oine saga,
i hon allen Grond zom Klaga.

Geschtern isch mei Frau verdloffa,
mei Vermöga isch versoffa,
i hon da Grend so volla Sorga,
drom will i schau seit heute Morga
mi selber om mei Leaba brenga,
doch es will mir it gelenga.

Mein Revolver, mein ganz alta,
hon i mir an Kopf nag'halta,
dass en Schuss mir's Leaba nemmt,
doch des alte Glomp hot g'lemmt.

Noch hon i denkt, i namm da Strick,
doch wer Pech hot, hot koi Glück,
au der Strick, der hot mi b'schissa,
kaum be i g'hanget, isch der g'rissa.

En meiner Not em Keller donda
hon i so a Fläschle g'fonda
mit Gift, wo jede Maus verreckt,
des hon i en mei Jacke g'steckt.

Noch hon i vom meim letschta Geld
do en dr Boitz a Bierle b'stellt,
aber noch kommsch du herg'loffa
ond hosch mir 's giftig Bier wegg'soffa.

Dr G'richtsvollzieher

Sei's en alta Onterrock
oder au en Ziegabock,
dr G'richtsvollzieher, was er sieht,
wenn's a Geld brengt, nammt er's mit.

Bei dr Frau Bolte, bei dr arma,
kennt er au fascht koi Erbarma!
Da Onterrock will er zwar it,
drfür nammt er da Goißbock mit.

Und er suacht ond fendt zom Glick
für des Goißbockg'nick en Strick.
Doch der Goißbock fangt a z'bocka,
do hilft koi Schimpfa und koi Locka.
Der Bock, der will auf gar koin Fall
raus aus seim warma Goißbockstall!

Ond da nobla G'richtsvollzieher,
sieht ma jetzt als Goißbockzieher.
Se zerret heh und her am Strick,
doch dr Goißbock kennt en Trick.
Er macht en Seitasprong ganz keck,
ond der Beamte liegt em Dreck.

Wer Goißböck kennt, der woiß genau,
diea kennet oine fahra lau,
do rieacht ma selbscht bei Gegaluft
zehn Meter weit bloß Goißbockduft!

Do fluacht dr G'richtsvollzieher leis:
»Für den Bock brauch i a Geiß.
Wenn der noch rauskommt aus de Ecka,
schnapp i den beim Goißa-Decka.«

Beim Nochbr froget er um Rot,
wer so a hoiße Goiß grad hot.
Dr Nochb'r sait: »Oh werter Herr,
das mit dem Bock, das wird nichts mehr,
indem den Geißbock sie gepfändet,
fühlt er sich staatlich nun verwendet!
Dienst nach Vorschrift und null Bock,
helfen könnte zwar ein Stock!
Doch das gäb ein Staatstheater,
zum Geißbock kämen drei Psychiater.
Man würde für den Bock, den wilden,
extra einen Ausschuss bilden,
der den Bock dann pensioniert,
denn der wär seelisch ruiniert.«

G'ladene Gäste

»Halt, halt, wo wellet Siea denn na,
heut isch koi Sprechtag guater Ma,
heut isch's Finanzamt bloß für G'ladene offa,
Siea send ganz ommasonscht hergloffa.«

»Ommasonscht, des hör i gern,
des wär 's erschte Mol bei denne Herrn.
Ond wear sagt, dass i it g'lada be,
so g'lada isch fascht koiner meh.
Glei duat's en Kracher en dem Bau,
weil i g'lada be wiea d' Sau.«

Giftpfeil

Weil se neamet möga hot,
waret alle froh,
wiea Tante g'sagt hot, dass se goht
noch Afrika ond so.

Siea will schau ihr Lebtag lang
zu Löwe ond zo Elefanta.
Do basst se na, diea giftig Schlang,
lass se laufa, die bös Tanta.

»So«, hot diea Verwandschaft g'sait,
»jetzt hend mir diea a Weile los,
Afrika isch jo so weit,
da Abschied feiret mir no groß.«

Drei Monat war diea Tante weg,
koi Mensch hot se vermisst.
Eines Tages kommt en Scheck
mit der Nachricht, wo se ischt.

Se schreibt, se sei am End der Welt,
herrlich sei's do, ganz ogloga.
Siea verdien en Haufa Geld
en ra Fabrik für Pfeil ond Boga.

»I brauch do bloß, ihr dätet gugga,
do drauf send alle Wilde wild,
auf d' Spitza von de Giftpfeil spucka,
jetzt hoff i stark, ihr send em Bild.«

Sirenag'sang

»Hallo Schorsch, wiea goht's dir au,
ond wie goht's au deiner Frau?

Sengt dei Tochter emmer no
Arien so laut ond froh?«

»Hallo Paul, jo grüaß di Gott.
Guat siehscht aus, jo sapperlott.
Mir, dr Tochter ond dr Frau
ons kennt's jo gar it besser gau.

I handle Immobilien
für gehobene Familien.
I sag dir grad a so, wieas ischt,
mir schaffet do a weng mit Lischt.

Mir ziehet en a Villa ei
ond noch kommt dr Trick drbei.
Do üabt mei Tochter ihren G'sang
ond noch dauret's gar it lang.

Do fällt der Wert vom Nochberhaus
ond diea Bewohner ziehet aus.
I kauf des Haus noch om en Spott
ond woiß au glei, wo 's nächschte stoht.

So duat mei Tochter mit em Senga
uns alle über d' Ronda brenga.

Hurra d' Schual brennt

D' Sirene heulet, alles rennt,
oine schreiet d' Schual verbrennt.
D' Feuerwehr ond Polizei
fahret schau wiea d'Sau vorbei.

Weil's Obed isch, send koine Kender
en dr Schual, sonscht wär's no mender.
Jetzt isch ebbes los em Städtle,
d' Schualerbuba, d' Schualermädle
hend sogar a Riesafreid,
weil's jetzt sicher schualfrei geit.

»Des wär schee«, sait au 's kloi Fritzle,
»doch schualfrei, glaub i, gibt's koi bizle.
Nix isch mit Freibad ond mit Sonna
alle Lehrer send entronna.«

Engels Flügel

Dr Schwärzler Fritz von Holzabacha
isch a z'wieders Mannsbild g'wea,
er isch en Keller nab zom Lacha,
selta hot den oiner anders g'seha.

Jetzt hot's en putzt, da alta Globa,
dr Pfarrer hot sei lieabe Not,
soll er den kräga Denger loba,
wenn er sei Leichapredigt hot.

Dr Fritz guggt seinener Leich no zua,
sei Seel hoggt auf em Friedhofbaum,
»Leut«, so denkt er, »hett's jo gnua«,
doch echte Träna sieht er kaum.

Er bruttlet: »Gugg au, diea Bagasch
stoht rom auf meiner Leich,
de meischte goht's vorbei am Asch,
mei Leich isch denne gleich.«

Vom Kirchturm hört er 's Totagleit,
er woiß, jetzt muaß er ganga,
der Weag zom Hemmel isch no weit,
schneia duats ond ranga.

Stoinig goht der Weag berg a,
a ganz verflixte G'schicht,
do schwätzet ehn zwoi Engel a:
»Worom machscht au so a G'sicht?«

Grätig hot dr Fritz bloß brommt:
»Schwätzet mir it saudom drei,
wer von dr oigna Leich grad kommt,
hot koin Grond zom Luschtigsei.«

Diea Engel hend a G'schloif drbei
ond saget: »Du brauchscht Flügel.
Ohne Flügel kommscht it nei,
dr alte Pförtner isch penibel.«

»Flügel? I, dr Schwärzler Fritz,
ond Feadra wiea a Henn,
i hon koin Bock auf domme Witz,
glaubet ihr, i spenn?«

Diea Engel schwätzet, was se kennet,
da Fritz mit Engelszonga a:
»Gugg doch, des schee Engelshemmed
mit so viel bunte Feadra dra.«

Z'letschta ondrem Schwobagruaß
zieagt er's a voll Zweifel.
»Doch, sobald i oi Oi lega muaß«,
schempft'r, »be i schau beim Deifel.«

Klavier zu verkaufen

Er wohnt em dritta Stock,
er ond sei Klavier.
Do üabt er Twist ond Rock
wiea en wilde Stier.

De Mitbewohner en dem Haus
vom Keller bis zom Dach
isch diea Musik a Graus,
se leidet an dem Krach.

Doch z'mol, seit a paar Stonda,
hört ma koi Klavier.
Am Eingang dra, ganz onda,
hengt en Zettel an der Tür.

»Verkaufe«, stoht do g'schrieba,
»mein Klavier, denn ich bin blank.«
Em Dämmerlicht, em trieba,
schreibt oiner dronder: »Gott sei Dank«.

Der Papagei

»Sie hend en Papagei drbei,
den mieaßet se verzolla,
der kommt teuer, sag i glei«,
duat der Zöllner g'schwolla.

»Do muaß i en dr Lischta gugga
bei Einfuhr von Exoten,
des goht a bei seltne Mugga
bis Löwe ond Kojoten.«

»Hawiea, hawa, mein Papagei,
der schwätzt schwäbisch wiea en Alta.
Siea send au Schwob, des sieht ma glei.
Mir solltet zammahalta.

Jetzt lend se doch diea Lischta sei,
mei Hans isch koin Exot.
Was saget se, 's wär koschtafrei,
wenn er ausg'stopft wär ond dot?«

Do krächtzt der Papagei: »Ihr Äsch,
des isch mir it geheuer.
Werret oinig, sofort, käsch,
Ausstopfa isch sauteuer!«

Dr Gauner Fritz

Dr Gauner Fritz von Enkahofa
macht wieder mol a Lomparei,
doch den Amateurganova
schnappt sofort die Polizei.

Wieder stoht er vor em G'richt
ond stott'ret he ond her.
Dr Richter froget, wiea des ischt
ond wieas mit ehrlich Schaffa wär.

Do sagt dr Fritz: »Des isch a G'frett,
des mit dera Schaffarei,
emmer wenn i schaffa wet,
Herr Richter, sperret Siea mi ei.«

Vogelgrippe

Dr Krach aus dera Kuckucksuhr
jeden Tag so laut ond stur.
»Kuckuck«, schreit des blöde Vieh
jeda Dag schau en dr Früh.

Den blöda Vogel ronderhaua
will sich neamet richtig traua,
dr reiche Onkel hot den g'schenkt
ond em Flur an d' Wand na g'hängt.

Da Onkel Max, den reicha Alta,
muaß ma guat bei Laune halta,
erba will ma, Geld ond Guat,
wenn er sein letschta Schnaufer duat.

Wenn er kommt, noch frogt er glei,
ob d' Kuckucksuhr en Ordnong sei,
staubt se ab ond ölt des Glomp
ond zählt, wiea oft dr Kuckuck kommt.

Doch jetzet atmet auf diea Sippe,
Rettong brengt diea Vogelgrippe.
Laut Verordnong überall
muaß jedes Feadervieh en Stall.

Au der Kuckuck derf it raus,
ond kommt dr Onkel Max ens Haus,
sagt ma dem am beschda glei,
dass des Loch zuag'naglet sei.

Er soll it en sei Nähe ganga
ond jo it noch dem Kuckuck langa,
der sei nämlich infiezert
ond an dem Virus schau krepiert.

Em Opa seine Fraua

»Herr Lehrer, mei Oma, diea isch g'storba,
drom ka i mona morga
it zom Onterricht her komma.«
»He Fritzle, willscht du mi verdomma,

schau wieder kommsch drher,
dass dei Oma g'storba wär,
des ka doch oifach gar it sei,
i glaub, du Lausbua legscht mi rei.«

»Noi, Herr Lehrer, des ischt wohr,
des kommt hald öfter vor em Johr,
do ka i schau au gar nix macha,
des send em Opa seine Sacha,
weil der, wenn Oina von ehm goht,
ruck, zuck au glei a Andre hot!«

Fußballfreund

Zu dem Superspiel von seim Verei
do will er na, do muaß er sei,
er isch Zahnarzt ond grad heut
hot er Praxis voll mit Leut.
Er zieagt ond bohret, was er ka,
schafft sich vor von Zah zu Zah,
doch sei Uhr, diea schaffet au
ond sagt: »He, du muascht gau gau!«
Er isch richtig en dr Klemme
ond woiß genau, des schafft er nemme,
grad bohret er, bei oim, wo schreit,
an solche hot er sonscht koi Freid.
Aber heut: »Diea Schreiarei«,
denkt er, »des könnt d' Rettong sei«.
Er bohret ond denkt weiter:
»Je mehr i bohr, je lauter schreit er.«
Diea Patienta packt dr Graus,
diea flüchtet alle naus zom Haus.
Jetzt ka au dr Zahnarzt ganga,
zur Halbzeit könnt's jo fascht no langa.

Dusslig und drneaba

Pech em Glück

Em alta Turm isch it geheuer,
aber d' Mieate isch it teuer,
drom hot au d' Witwe Huzler denkt,
obwohl se's schau a bizle kränkt:
»En den Turm do von dr Stadt
zieag i ei ond wenn's au grad
ab ond zua om Mitternacht
en de alte Bälka kracht.«

Se hot d' Erfahrong g'macht em Leaba,
manche Leut send so verweaga,
so voller Gier ond Lomparei,
vorna rom ens G'sicht schee nei,
doch bei Licht g'seha stellt sich's raus,
lieaber no en Goischt em Haus!

En dem Turm hot d' Klara Platz
no grad gnua ond ihra Katz,
eigentlich isch jo en Rälle,
trait se schmusig über d' Schwelle.

Em donkla Eck em Keller donda
hot Klara alte Flascha g'fonda,
se hett gern g'wisst, was drenna isch,
macht oina auf, do macht des »zisch«,

ond aus der Flascha, aus der alta,
duat en Neabel sich entfalta.
Der Neabel nemmt Kontura a,
zwoi Auga gugget d' Klara a.

Geheimnisvoll hend d' Schleier g'wodlet,
da ganze Keller hot's vernoddlet,
wiea d' Lava beim Vulkan hot's g'stonka,
Klara isch ens Eck nei g'sonka.

Z'mol fangt der Flaschagoischt a schwätza:
»Drei Wensch hoscht frei, sofort ond jetza.
Du hosch mi aus dr Flasch raus glau,
von heut a soll's dir besser gau.«

»Mei Lebtag hon i mieaßa spara,
schaffa, buckla«, sagt do Klara,
»drom wensch i mir, was i au dät,
dass i stets oin Euro übrig hett.

Als zwoiter Wonsch wett i mir gonna
a klois Schlössle an dr Sonna,
wo i wieder jong ond schee
richtig verliebt ond glücklich be.

Ond mein Kater, des wär fei,
en scheena Prinz mieaßt der noch sei,
wo mit mir als echter Ma
Dag ond Nacht noch schmusa ka.«

Do haucht der Geischt: »So soll sei,
das waren nun der Wünsche drei,
schau her das Geld, schau her das Schloss
und schau den Prinz auf deinem Schoß.«

Do sait der Prinz zom Flaschagoischt:
»Des isch saublöd, bloß dass du's woischt,
des gibt beizeita a Theater,
i war jo en kaschtrierta Kater.«

Adventspech

Advent, Advent,
oi Lieachtle brennt.
Dr Mesmer will da Kranz a'zende
ond ka den zwoita Docht it fenda.
Am Kranz, der ziemlich droba hanget,
hot er 's Kerzle zwar verlanget,
doch mit dem Fuierle am Stiel
muaß er zenda frei noch G'fühl,
weil er jo it sieht,
was do droba g'schieht.
Dr Mesmerkarle, der guat Ma,
isch Gott sei Dank reacht zeitig dra.
Sei Kirch isch jo no menschaleer,
drom hollet er sei Loiter her.
»Mit dr Loiter sieh'ne weiter,
wär nomol schöner«, sait'r.
»I bin zwar koin ganz großa Ma,
doch mit dr Loiter komm i na.«

A bizle hot er sich verschätzt,
auf dr Loiter sieht er's jetzt,
er ka den Kranz fascht it verlanga,
er streckt sich ond muaß nüberhanga.

Doch diea Loiter nochestella
hot dr Karle au it wella.

Es will it brenna – oms Verrecka,
no weiter nom duat er sich strecka.
Zwar isch Advent ond g'weiht dr Raum,
doch diea Loiter stört des kaum.
Isch dr Loiter 's Gleichg'wiecht g'nomma,
mieaßtet grad de Hoilige komma.
Doch diea standet reglos rom –
ond folglich fällt diea Loiter om.

Ganz knapp hot er da Kranz verwischt,
ond weil er jo koin Aff it ischt,
hot er koi b'sondre Freid am Schweba
ond hofft, er ka sich no verheba,
bis de erschte Kirchaleut
kommet ondrem Sonntigsg'leut.
Als Erschte kommt, ka's andersch sei,
Kresenzia zur Kirchtür rei.
Voll Schreck sieht diea da Mesmer hanga
ond isch wiea g'schlaga wieder ganga,
sait zu de Leut: »Wer hett des denkt,
dass sich der an Kranz na hengt,
am beschta isch 's goht neamet nei,
holet no glei d' Polizei.

Zwoi mit oim Schlag

Dr Schorsch, der hot en Mordsverband
ond Schmerza an dr reachta Hand.
»Was isch passiert?«, so froget d' Leut.
»A Fluig isch schuldig«, hot er g'sait.

Der Dag, der war schau gar it nett,
am morga frieah lieg i em Bett,
verwechsla, wiea i aufstau muaß,
da reachta mit em lenka Fuaß.

Freitig war's, ond em Kalender
isch 13 g'standa ond no mender
war's, dass i mei Brilla schau
hau vor em Frühastück falla lau.

Brilla heh, ond Zeitong leasa
isch noch dorom au nix g'weasa,
drfür zwoi Fluiga em Kaffee
ond an dr Wand hogget no meh.

Do hogget glatt zwoi aufanand,
i holl aus mit meiner Hand
doch leider isch, i hons it g'seha
de onder Fluig en Nagel g'wea!

Hoorig

»Emmer bloß no mit dr Kappa
weags koine Hoor omanander dabba,
will i nemme«, hot er g'sait,
er häb do g'leasa, dass was geit.
Drom käm er heut en d' Apothek,
er sei dr Häberle vom Eck,
ond er well auf jeden Fall,
Koschta seiet ehm egal,
des neue Mittel gega Glatze,
seine Hoor, de scheene schwarze,
dätet noch bald wieder ziera
sein edla Kopf, glei nochem Schmiera.

Der Apotheker sagt: »Ich hab's auf Lager,
das neue Mittel, auch mein Schwager
nimmt es jetzt drei Wochen kaum,
und schon sieht man einen Flaum.

Herr Häberle, ich rate Ihnen,
sich der großen Packung zu bedienen,
weil einfach von den Kosten her
die größre Packung besser wär.«

Do sagt dr Häberle: »Noi, noi,
i glaub, bei mir do roicht de kloi.
Zu viel drvo will i it nemma,
ganz dicke Hoor send it guat kämma.
Gend Se no de kloiner her,
sonscht weard's deier beim Friseur.«

Der Playboy

Ein Playboy saß am Mittelmeer
und hatte keine Mittel mehr.
Und hat er keine Mittel mehr,
hat er es schwer am Mittelmeer.

Er gab den letzten Kittel her,
jetzt friert er sehr am Mittelmeer.
Und hat er keinen Kittel mehr,
hat er auch keinen Titel mehr.

Doch ohne Titel, oh Malör,
geht mit Damen auch nix mehr.
Da stürzt er sich ins Mittelmeer,
jetzt braucht er keine Mittel mehr!

’s G’stänkle auf em Bänkle

Em schönschta Wiesagronde
sitzt Herr Bollte auf em Bank
ond frait sich, dass ganz g’sonde
»Winde« entweichet mit Gestank.

Diea Winde werret emmer mehr.
Herr Bollte sait: »Wiea duat des guat«,
ond merkt gar it, dass neabaher
sei Hondle furza duat!

Zielwasser

»Es geht alles vorüber,
es geht alles vorbei«,
sengt Oiner em Klo gegaüber,
des muaß a B’soffener sei.

I ruaf nieber: »Mei lieber,
noch sitz hald auf d’ Brilla,
es rieslet schau rüber,
hogg na ond sei stilla!«

Etikette

»Etikette« muss schon sein,
bei den Leuten wie beim Wein.
Mancher Wein wär nicht zu retten
ohne schöne Etiketten!
Besonders in ganz feinen Kreisen
pflegt man Ettikette beim Bescheißen.

Misstrauen

Misstrauisch, geizig, wiea er isch,
sitzt dr Schorsch am Wirtshaustisch.
Heut trenkt er ausnahmsweis am »Zwoita«,
er losst sich sonscht it schnell verloita!

Normalerweis isch er saupäb,
sonscht moinet d' Leut no, dass er's »häb«,
weil d' Leut, wo zoiget, dass se's hend,
krieaget em Nu ois auf da Grend.

Sei Bier, des isch fascht halba leer,
er schieabt sei Fiedla he ond her.
Doch länger ka er's nemme heba,
sonscht goht am End no was drneaba.

Bloß, wenn er draußa ischt em Klo,
stoht sei Bier alloinigs do.
Es könnt jo oiner en Schluck trenka,
des dät em schau gewaltig stenka,
drom schreibt er: »Habe reingespuckt«
auf da Filz, als neamet guggt.

Lang ischt er it draußa blieba,
doch auf sein Filz hot oiner g'schrieba,
ond des macht en fascht verruckt:
»Auch ich hab in das Glas gespuckt!«

Überraschung

D' Muader hot zur Dochter g'sait:
»Was isch denn au, 's wär an dr Zeit,
dass di oiner nemma dät,
en ma Weile isches z'spät.

A Inserat, 's wär nix drbei,
heutzutag, do schreibt ma nei
nix vom Heirata ond so,
sonscht laufet d' Männer glei drvo.

Do schreibt ma auf ganz lockre Weise:
›Suche für meine Urlaubsreise
eine männliche Begleitung
ohne größere Bedeutung.

Ich bin hübsch und lebensfroh
und suche einfach Spaß und so,
bist du an so was intressiert,
dann schreibe mir ganz ungeniert
unter Chiffre und dem Zeichen
wirst du mich im Nu erreichen.‹«

Noch vier Dag hot d' Tochter g'sait:
»Muader gugg, des isch a Freid,
Poscht isch komma haufaweis,
mit Speck, do fangt ma alle Meis.

Diea Herra hoffet aufs Vergniega
ond wettet gern a Zuasag kriega.
Doch oi Bewerbong isch drbei,
do hon i denkt, des ka it sei,
mir isch dr Schnaufer standa blieba,
sogar dr Vatter hot do g'schrieba.«

G'reimt und g'schrieba

Der Dichter

Wenn oiner glaubt, des Schreiba ond des Dichta sei koi Arbet, noch soll er es amol versuacha ond ebbes schreiba über diea Sonna, da Mond ond d' Sterna ond über alles, was schee ond edel ischt.

Zearscht muaß ma do aber des »Om-oinrom« völlig abschalta könna, ond über diea Hürde kommt schau amol it jeder jeden Dag drüber.

Beim erschda Versle goht's jo no guat, do stellscht du diea »geflügelten Worte« richtig prägnant en da Raum. Des hoißt, du schreibscht da erschta Satz von dem entstehenda »Werk« oba na auf des scheene weiße Blatt Papier. Noch lieschst des emmer wieder ond überlegscht, wieas passend weiterganga könnt, was passt zu Sonne, Mond und Sterne? Natürlich kommt noch aus em Onterbewusstsein des, was Kender schau früher auf dr Gass g'songa hend: »Glatzkopf ischt moderne«.

So goht des natürlich auf gar koin Fall, schlieaßlich sott des, was ma schreibt, schau au a wenig a Nivoo hon ond sich it bloß auf Herz ond Schmerz reima!

Also streichscht den oiziga Satz, den du seit oiner Stond nabrocht hosch, von hanna bis danna dure. Des muascht ganz andersch apacka, denkscht dir ond guggescht mit g'schlossene Auga nei en diea schee Welt.

Noch machscht deine Auga wieder auf ond willscht des, was du g'seha hosch, mit scheene Worte formuliera. Aber noch fällt dein Blick auf den durchgestrichenen Satz oba auf dem weißa Blatt Papier ond schau goht gar nix mehr. Zornig reischt du des Blatt vom Block ond anstatt en lichte Höhen wandret dein Blick in die Niederungen des Papierkorbes, wo die unvollendeten Werke deiner poetischen Begabung vorwurfsvoll rausklotzet.

Zu allem Überfluss kommt au no dei oizige Ehefrau ond bruddlet, du sollsch Platz macha am Tisch, weil glei gäb's Mittagessa. Mit einem vielsagenden Blick auf den Papierkorb sagt se spitzig: »Du däteschtbesser was schaffa, als Zeit ond Papier vergeida!« Ziemlich osanft platziert se ihra Schüssel mit Kartoffelsalat auf dem Schreibblock!

So ebbes versetzt di noch no vollends en die profane Wirklichkoit z'ruck!

Noch em Essa hon i noch mit vollem Maga ein ganz nüchternes Gedicht über den real existierenden Kartoffelsalat mit Soß g'schrieba.

»Dein Kartoffelsalat«, hon i zu meiner Frau g'sagt, »ischt wirklich emmer Spitze.« Aber des Gedicht, des i über dein Salat g'schrieba hon, des sollteschtamol verkoschta ond noch wirscht du zuageba mieaßa, dass des no besser wiea dein Kartoffelsalat ischt. Des isch oifach »a Gedicht«, mei Gedicht über dein Kartoffelsalat!

Doch für heut fehlt jegliche weitere Inschpiration für hochfliegende Dichtkunst, morga daget's wieder. Immerhin hon i dem profana Kartoffelsalat zu einem Platz en der Literatur verholfa!

Wassertropfaklang

Dr Wasserhahna en meim Bad –
om jeden Tropfa isches schad,
drom be i au mit meiner Zanga
dem Driealer an da Krage ganga.
Diea Tropfarei en d' Wanna nei,
sag i zom Hahna: »Isch vorbei«.
Do hör i, wiea diea Tropfa senget
ond beim Aufprall herrlich klenget.
Jeder Tropfa hält exakt
hoorgenau sich an da Takt,
ond fällt er noch ens Wasser nei,
hot er en schöna Klang drbei.
Koin Klang gleicht do em andra.
Tonleiter dend se wandra,
oin Tropfa hoch, dr andre Bass
ond do glaub i sogar, dass
jo – do mach i fascht a Wett –
manches Werk, so richtig nett,
ischt entstanda en dr Wanna
von ma hehna Wasserhahna.
Der Komponischt gilt als Genie
derweil isch bloß sei Hahna hie.

Arznei

En Winzer aus em schöna Alzey
prahlt, wiea g'sond sei Wei sei
für Herz, Niera ond Maga,
jetzt hot en d' Krippe am Kraga.
Drom trenkt er au glei
de dopplet Arznei.

Kartaspiel

»Se sollet no mit Kata wata«,
hot d' Wirte g'sagt em Rosagata.
Dr Schorsch, der mieaß no en da Lada,
er braucht' en dicka, langa Fada
ond en Stecka, en ganz grada,
weil diea Tomata en seim Gata,
kenntet nemme länger wata,
diea hettet en Mordsschada,
Hagel, groß so wiea Granata
hettet neikaut en sein Gata,
ond jetzt sei an de Tomata
alles toll ond voll mit Mada.

Se sollet hald mit Kata wata,
er mieaß no mit em Spata
a wengle buttla en seim Gata .
Ond noch mieaß er au no bada,
er häb an seine Wada
lauter Boda no vom Gata,
er käm gau glei zom Kata,
se sollet hald a wengle wata.
Am Dach, do fehlet no zwoi Platta
ond a Paar Nägel en de Latta,
do sei jetzt grad a weng en Schatta
ond sei Fahrrad hett en Platta.
Se sollet no mit Kata wata,
er käm hald z' Fuaß en Rosagata.

Schwobaricks I

D' Rosa von dr obere Au,
diea fuatret d' Henna ond au d' Sau,
ond kommt ihra Rudi hoim g'loffa
von dr Krona sternhagel b'soffa,
fuatret der meischtens au d' Henna ond d' Sau.

Em Erich sei ganz g'scheide Bäs
sagt: »I spar am Häs ond am G'fräß.«
Doch wenn's nix koschtet beim Feschta,
do isst se viel ond vom Beschta
ond au no 's letschte Breckale Käs.

Em Ralf seiner Goiß hot's zua guat g'schmeckt,
drom hot der Ralf au 's Heu versteckt.
Noch drei Wocha ohne Fressa
hot Goiß des Fressa au vergessa,
doch leider isch se noch vereckt.

Zur betagte Ines aus Wildsee
sagt dr Ma: »Einscht warscht du bildschee,
doch so isch hald em Leaba,
ma ka's it verheba,
heut isch bloß no dei Bild schee.«

D' Marie duat schaffa ond scherra,
doch ihra Ma, 's isch zom Blerra,
der hot wieder en Kater em G'sicht,
d' Marie sagt: »So alt wiea du heut bischt,
so alt kannscht du dei Leabdag it werra.«

»A mancher hot sei Weib verhaua«,
sagt dr Fritz, »i dät's niea traua,
ma verhaut koine so zarte Weasa.«
Doch eines Tages mit em Beasa
hot's zarte Weasa da Fritz verhaua.

Dr Sologeiger spielt zackig ond rasch,
doch 's Orcheschter ischt a bissale z'lasch.
Der Geiger kriegt Beifall fürs Geiga
ond duat sich ausgiebig verneiga,
doch em Orcheschter zoigt er da Asch.

Diea Rosa aus Obergrünkraut
sagt: »Mei Ma war zärtlich ond traut,
doch em Lauf von de Johra
hot er an mir 's Enteresse verlora,
jetzt be i froh, wenn er mi ab ond zua no
verhaut.«

Schwobaricks II

’s Schwobalieadle vom Goißbock isch schee,
doch d’ Eisabah isch au bloß a Maschee,
wo koi Rücksicht it nemmt
auf de Kloine, wenn’s klemmt,
oms Nomgugga bischt heh
en dr heutiga Maschinare.

D’ Klara, diea aus dr Eifel
sagt: »I hon meine Zweifel,
gugg di doch om en dr Welt,
d’ Lompa, diea schwemmet em Geld.
Bei de Brave do isches beim Deifel.«

Es verließen zwei Damen voll Groll
schon nach drei Tagen Bad Boll.
Es war wie beim Gatten,
keiner der Schatten
erfüllte sein Soll.

Wenn d’ Leut saget: »Sepp du bischd domm«,
kemmret dr Sepp sich it drom
ond sait: »Des, was i it woiß,
des macht mi it hoiß,
drom be i g’scheid ond bleib domm.

Kresenz aus Mooshausa hend
steckt Kartoffel noch em oigana Grend.
Em Herbscht sagt dr Ma en dr Trauba,
diea soll's doch selber aufglauba,
die woiß am beschda, wo Krombiera send.

Diea Vilomena vom hendara Eck
hot Füaß dermaßa voll Dreck,
diea hend schau lang koi Wasser meh g'seha,
diea könnt glatt zwischa de Zeha
Rettich stupfa em Dreck.

Dr Metzgerstift vom Vier-Sterne-Haus
sagt: »Moischter, dr Wolf verhacket a Maus.«
Do sagt dr Moischdr: »Schau isch vorbei,
halt's Maul, sonscht könnt's sei,
ons goht's no mender wiea dera Maus.«

Dr Schuaschdr aus Neufelderau
metzget alljohr auf Klosdag a Sau,
doch heuer, do isch'r arg b'schissa,
die Sau isch em Metzger ausg'rissa
ond wetzt durch da Flecka wiea d' Sau.
Sauarei aber au!

Dr Klaus vom kloina Haus an dr Bah
schieabt da Karra mit Kies, was er ka.
»Bergab«, sait'r do, »helfet de Hoilige
schieba,
doch bergauf isches gar koi Vergnieaga,
i gaub, do hebet sogar oine a.«

Dr Schneider von Ulm hot 's Flieaga probiert,
noch hot en dr Deifel en Donau nei g'führt.
Des isch saudom gloffa,
fascht wär er versoffa,
seitdem wird beim Flieaga 's Versaufa riskiert.